Über den Autor

Herman van Veen, geboren am 14. März 1945 in Utrecht, Holland. Er studierte Musik, Geige und Gesang. 1967 präsentierte er in Utrecht sein erstes Soloprogramm. Er machte einen Kinofilm, inszenierte verschiedene Theaterproduktionen, komponierte Ballettmusik und schrieb mehrere Bücher.
Ab Herbst 1988 geht er wieder auf große Tournee und reist einige Monate lang durch Deutschland.

«Herman van Veen ist Sänger, Musiker, Poet, Pantomime, Tänzer, Schauspieler in einer Person – zärtlicher Bürgerschreck und verträumter Rattenfänger zugleich.»
(«Nürnberger Zeitung»)

Von Herman van Veen sind als rororo-Taschenbücher bereits erschienen:
Worauf warten wir?
Lieder, Notizen und Geschichten (4933)
Unter einem Dach
Notizen eines Clowns (5124)

HERMAN VAN VEEN

# ANNE

Aus dem Niederländischen
von Eva Thielen
und Hermann Sattler

rororo

Rowohlt

Die Originalausgabe erschien unter dem Titel
«Anne» 1987 im Verlag Fontein, Niederlande

Deutsche Erstausgabe
Veröffentlicht im Rowohlt Taschenbuch Verlag GmbH,
Reinbek bei Hamburg, September 1988

Gesetzt aus der Garamond (Linotron 202)
Gesamtherstellung Clausen & Bosse, Leck
Printed in Germany
680-ISBN 3 499 12491 2

dieser Mann, der sich vorstellte,
den Stein in der Hand
zu verwandeln in ein Brot
zu verwandeln in einen Kuß

Antonio Ramos Rosa

In vielen Gedichten ist eine Poesieauffassung versteckt. So auch bei Herman van Veen: Unter dem Titel ‹Lied› hören wir die schmerzliche Geschichte eines Ex-Häftlings, die plötzlich mit dem Vorschlag abgebrochen wird: «Herman, vielleicht kannst du ein Lied darüber machen.» Hiermit wird ausgedrückt, daß das Vorangegangene eigentlich noch kein Text war, sondern nur Rohmaterial. Van Veen tut so, als sei er kein Dichter, sondern eine Art Antenne, die alles mögliche aus dem Leben auffängt. Oder, wie Christopher Isherwood es sagte: «I am a camera with its shutter open, quite passive, recording, not thinking.»

Van Veens Poesie ist religiöse Poesie, sie ist voll von Engagement und Bewunderung für das Leben. Sein Gott ist dabei jemand, der die Konsequenzen der Schöpfung nicht überblicken konnte, der Menschen schuf «einmal in Schwarz, einmal in Weiß und einmal in Gelb. Gott hatte ja keine Ahnung.» Mit einem bestimmten Glauben läßt sich solch eine Religion nicht vereinen. Ein vom Fasten erschöpfter Pater bekommt zu hören: «So nach Gott gesucht, daß Gott dich nie finden konnte», und Jesus gefällt Van Veen am besten, wenn Er kopfunter am Kreuz hängt, aus dem Jannemann die Nägel herausgezogen hat.

Die Gedichte dieses Bandes sind verwandt mit denen der Beatdichter wie Allan Ginsberg in Amerika und Adrian Henri und Brian Patten in England: erzählende Gedichte, breit gefächtert, die ein Gebiet ‹irgendwo zwischen Himmel und Horten› behandeln und für ein unbefangenes Publikum bestimmt sind, das die Texte nicht nur sieht, sondern auch hört, in ihrer eigenen Interpretation oder in der des Dichters.

Willem Wilmink

## ZUFRIEDENER MANN

Laß die Oberflächlichen mich
oberflächlich nennen
laß die Sentimentalen mich
sentimental nennen
mich
die Weisen weise
die Narren
närrisch
die Anderen
anders

die Geliebte
mich lieb

die Götter
mich
Gott

## HEUTE ABEND

singe ich
Lieder,
Bilder und Worte,
die von Freunden
und von mir
erneut geschrieben,
ausgedacht und
geliehen wurden.

Erinnerungen
an eine Zeit,
an einen Menschen,
an sich selbst
und wo man diese
normalerweise
findet

in einer Welt,
die
jeden Augenblick
explodieren kann.

Wie man sich
bei dieser Gelegenheit
anziehen soll.

Und
kurz umrissen:

Was geschieht
nach dem Tod
mit der Seele?

Wie rettet sie sich?

## BIM BAM BUM

Jannemann hatte einen Splitter im Fuß
das tat schrecklich weh
und fing schon an ein wenig zu eitern
Mutter zog den Splitter
ganz vorsichtig raus
und gab ihm dann ein Küßchen.

Jannemann kletterte auf den Holzschemel
und zog den Nagel aus den Händen
von Jesus am Kreuz
Jesus purzelte nach unten
und schaukelte kopfüber
an dem Nagel
durch seine Füße
bim, bam, bim, bam
bim, bam, bum
und fegte allen Nippes vom Kaminsims
Jesus machte einen Höllenlärm.

Mutter kam ins Zimmer
Jesus Jannemann
Jannemann bekam eine Strafe
und
Jesus bekam kein Küßchen.

## DER PORTUGIESISCHE STRASSENSÄNGER

La, la, la.

Höre ihn singen
in seinem Gesang
mit der Änderung
von Ton und Klang
so sanft, so hart.

Ihm lauschen macht mich
traurig und froh.
Er singt als hätt
er für sein Lied
mehr Gründe
als das Leben selbst.

Zu singen in dem heiteren Nichtwissen:
das Leben ist so kurz,
dies Wissen wiegt so schwer.

Sing
und nimm mich mit
von hier,
lehre auch mich singen
ohne Grund.

La la la
la la la.

Bereits bei unserer Geburt
ist schon
das von unseren Vorfahren
erworbene Wissen
in unserem Gehirn gespeichert
Wir nennen dieses Wissen
noch
träumen

## ERINNERUNG

Ich träume
von einem Wesen,
das meine Augen aufessen will.
Es will mir nicht weh tun,
aber es kommt so nah heran
es kann es nicht lassen
blitzschnell greift es meine Augen
schält sie
kaut darauf
wie ich früher auf Gummibärchen.

Dann
in einem anderen Traum
habe ich das Wesen totgeschlagen
und begraben unter dem Rost vor der Haustür
hab' dann eine Menge Blätter darüber gestreut.

Als ich in einem weiteren Traum
nachsah, ob es noch dalag,
war es verschwunden.
Ich lief zurück in mein Zimmer
blickte in den Spiegel
und sah es wieder.

Ich schlug den Spiegel kaputt
mein Kopf zersprang
wie ein Blumentopf

bis ich träumte
von Schaufel
und Besen.

## STAUB

Ein großes
von Gott verlassenes Minenfeld
voll Kneipen, Bordellen
und Kathedralen,
dort zimmern
Huminaden
an der Utopie
von einem Happy-End

träumen
von einem himmlischen Paradies
prosten
auf die Jagd,
die Vergewaltigung
und den triumphalen Mord
und als Apotheose
ein frohlockender Rauchpilz,

eine tausendjährige Nacht.

## WAS SIE SAGEN...

Wie Konsumenten schauen wir
auf die Hungernden in den Nachrichten.
air sind absichtlich gleichgültig geworden
wir haben unser Bewußtsein
unsere Empfindsamkeit...
von mir aus Gewissen
auf ein Niveau herabgesetzt, auf dem
es uns nicht belästigt.

Möchten Sie noch Tee?

Also wenn Sie uns fragen,
ob es uns etwas kostet,
Millionen von Menschen vor Hunger
umkommen
zu lassen,
dann ist die Antwort:

ohne Zucker.

Dann ist die Antwort:

Ja, es kostet unsere Empfindsamkeit.

Milch?

## TOI AUSSI

Die Menschheit ist im allgemeinen:
grob, dumm, plump, vulgär,
das kannst du von jedem lernen.

## EINEN AUGENBLICK

Millionen
sterben
so still

manchmal
in den Nachrichten,
zwischen
den Spielchen
und den Symphonien,
schaut dich so ein Verhungernder an,
und du lebst
bis zum Kaffee
mit.

## ANNE

Die andren Babys sah ich nicht
ich sah nur dein Gesicht
Anne

Du kniffst die Augen zu ganz schnell
das viele Weiß war dir zu grell
Anne

Ich war verlegen und sehr stolz
und du fandst mich
zum Lachen
Anne

Anne
die Welt ist nicht so schön
doch du kannst sie
ein bißchen schöner färben
Anne
du kriegst noch manchen Schuß vorn Bug
sei unbesorgt
die Sorgen kommen früh genug
früh genug

Die Zeit vergeht, sie bleibt nicht stehn
das wirst du schon noch sehn
Anne

Wie schnell du dich von uns entfernst
wenn du erst gehen lernst
Anne

Du drehst den Kreisel einmal rum
und schon bist du ein Jahr
älter
kaum bist du ohne Babyspeck
saust du auf dem Mofa weg
Anne

Anne
die Welt ist nicht so schön
doch du kannst sie
ein bißchen schöner färben
Anne
du kriegst noch manchen Schuß vorn Bug
sei unbesorgt
die Sorgen kommen früh genug
früh genug

Die andren Babys sah ich nicht
ich sah nur dein Gesicht
Anne

Allein die Augen deiner Mutter
war'n genauso schön wie du
Anne

(Deutsch von Thomas Woitkewitsch)

## LIED

Warum?
Er trinkt, um zu vergessen.
Hat zwanzig Jahre lang gesessen.
Hat den Fahrer eines Lastwagens erschossen.
Dieser Fahrer hatte sein Töchterchen totgefahren.
Sein Wagen war doppelt geladen,
was eine Fahrt ersparte,
aber dadurch so schwer,
daß er kaum zu bremsen war.
Sein Bremsweg war so lang wie die Straße,
hundertfünfzig Meter zuviel.
Sein Kind
überfahren wie ein Igel.
Danach hat er in Belgien
eine große Pistole gekauft,
er hat den Mann aufgesucht
und ihm eine Kugel durch den Kopf gejagt.
Später hieß es, daß dem Fahrer
gekündigt worden wäre, wenn er
die Fuhre nicht übernommen hätte.
Sein Chef würde,
falls etwas geschehe,
die Rechnung schon bezahlen.
Also hat er im Grunde
den falschen Kerl erschossen.

Herman,
vielleicht
kannst du
ein Lied darüber machen.

# JESUS IN DER NATO

Sie sind doch dieser Christdemokrat?
Ich sah Sie hin und wieder im Fernsehen,
das Bild war gut,
Ihre Stimme war klar,
ich habe Sie gut verstanden:
schwarz – weiß;
gut – böse;
wir – sie.

Ich tue immer wieder mein Bestes,
wenn ich Sie im Fernsehen sehe,
um herauszufinden,
ob Sie oder ob Sie nicht
glauben, was Sie sagen.
Die Vermutung, daß alles wahr ist, was Sie sagen,
deckt sich ständig mit
der Vermutung,
daß alles unwahr ist.
Der Haken an der Sache ist
die Kombination von Christ und Demokrat.
Meiner Meinung nach
zwei Partner, die keinen
Tango tanzen können.
Dabei tanzt Jesus
laut Überlieferung
sowieso nur
Cha-Cha-Cha.

Fliegen ist nur möglich
ohne Flügel
alles andere
ist Fall.

## SCHAF

Eine Möwe kreischt,
ein Jüngling, ein Mädchen noch,
zieht auf dem Bahnsteig seine Schuhe aus
und schreit,
daß jeder es hören kann:

Füße abtreten,
Hände waschen,
Zähne putzen,
guten Tag, Mama,
guten Tag, Papa,
guten Tag, lieber Gott...

Der Tod,
der im Bahnhofsrestaurant
eine Tasse Kaffee trinkt,
schaut auf
und verwandelt sich
in den Zug
um Viertel vor vier
nach Rotterdam.

Die Möwe kreischt,
der Jüngling schaut auf
und sieht den Vogel in seinem Schwarm.

Wäre ich dieser Vogel
dann ...
kurz drauf fliegt er
mit den Möwen über
dem Hauptbahnhof
und kreischt
auf dem Weg zum Meer.

Der Tod
bläst sich auf
zu dunklen Wolken.
Die junge Möwe,
von einem Blitz
getroffen,
stürzt ins Meer.

Sie verwandelt sich in ein Schiff
der Tod zerrt an den Segeln
Wassermassen schlagen ein riesiges Leck
in ihren Bug
das Schiff sinkt.

Die Möwe fügt sich,
legt ihr Schicksal
in Gottes Hände
und verwandelt
sich in ein
Schaf.

## FÜR ALLES

Für die Sicherheit
gibt es Regeln
für die Hoffnung
ein Kreuz
für die Soldaten
gibt es Gräber
für die Damen
und die Herren
die Theke
für den Mann
mit der Hand
und die Frau
mit den Lippen
wie Rasierklingen
gibt es
den Balkon

wo einst
die hohen Pappeln standen
stehen
geduldig ausgerichtet
Raketen
um uns zu beschützen

in der Ferne
hinterm Deich
ist es Herbst
dunkle Menschen fallen

Frauen
waschen Kinder
mit Sand

Fliegen
legen Eier
in
tote
Augen

ich weine nicht mehr
es lohnt sich nicht

der Himmel ist gefühllos

ich fliege
mit den Zugvögeln
nach Süden

und komme wieder
als eine jubelnde Haselnuß

## ZUCKERWATTE

Ich träume
es ist schwül und warm
meine Schuhe kleben auf dem Asphalt.
Benzindämpfe hängen
aufgetürmt wie Zuckerwatte über Paris.
Flotte Mädchen in noch heißeren Blüschen
überqueren schräg die Straße.
An der Ecke kaufe ich ein Eis
bei einem Mann mit grünen Augen
und einem lebenden Stein
in einem Ring
an einer Hand
mit nur einem Daumen.

Ich bezahle mein Eis,
schaue auf,
sehe eine Boeing
würdig
oben auf der Sacré-Cœur
landen.

Ich werde wach
und kann mich an nichts mehr erinnern,
bis zu
dem Sommer,
in dem meine Schuhe
auf dem Asphalt kleben
und Zuckerwatte
über Paris hängt.

## WENN DU SPÄTER GROSS BIST

Hans wollte eine Elfe werden
kein Teufel
mit Pferdefüßen
Hans wollte wie ein Blatt
unter einem turmhohen Baum
Pirouetten drehen,
um dann
in einem unbestimmten Augenblick
in unbekannte Ferne zu verwehen
und von einem freundlichen Mann
mit schalkhaften Augen
gefunden werden,
der ihn in seine Arme nehmen würde
zärtlich auf die Stirne küssen
zudecken
wach werden
und keine Fußballschuhe kriegen

## OHNE ZÖGERN

Rosa Tausendschön
wollte zu den Nonnen
in die Schule
aber
sie hatte sich
während eines Ausfluges in die Betuwe
nicht beherrschen können
eine erotische Anwandlung
streng verboten und verachtet
dennoch angeboren
war die Ursache davon

die Schule war sehr kleinkariert
Rosa wurde kurz vor ihrem Abitur
vom Institut Heilig Herz verwiesen
ihre Eltern waren schockiert
wußten sich keinen Rat
Rosa wurde als Au-pair
in Brüssel versteckt
von den Lippen Chantals wurde sie entlassen
sie näherte sich der Zwanzig
ohne es jemals länger
als ein paar Monate
bei einer Familie
ausgehalten zu haben

allein
in einem einfachen Hotel
verdiente sie ihren Unterhalt
in fröhlichen Situationen
die man natürlich
als anstößig betrachtet
Rosa gab sich
ohne Zögern
wie kaum eine andere
der reinen Lust an ihrem Körper
hin
die Frauen standen Schlange
vor ihrer Haustür
bis nach
Hoboken

## BETRACHTUNG

frei nach Leto (*)

Vor radikalen Elementen
brauchst du dich erst zu fürchten,
wenn du versuchst,
sie zu unterdrücken
oder sie zu bekehren.

Für radikale Elemente liegen
die Dinge
immer sehr einfach:
schwarz – weiß
gut – böse
wir – sie.
Indem sie komplizierte, versteckte Probleme
auf eine radikale Art anpacken,
ebnen sie der Unordnung den Weg.

Unordnung läßt keinen Raum
für Überraschungen.
Unordnung hat nur
vorhersehbare Eigenschaften.
Unordnung vertreibt nur die Ordnung
und verstärkt extreme Kräfte.

(*) Der Kaiser aus Frank Herberts ‹Der Wüstenplanet›.

Wenn das das Ziel von Extremisten ist,
züchten sie auf diese Weise
nur wieder neue Radikale
und halten auf diese Weise
den alten Prozeß in Gang –
die Geschichte instand.
So kommt
immer wieder ein Napoleon,
immer wieder ein Hitler
und nie die Wahrheit ans Licht.
Zufall ist doch
das Wesen des Alls.

## TOON

Er wollte
die abscheuliche Wirklichkeit
verwandeln
in sogenannte Klischees
in Lieder
und in Rosen

er sang von do re mi
und la la la
von I love you
und wunderbar
so lieb
so froh,
daß jeder
mit Wirklichkeitssinn
ihn kaufen wollte
als Buch
mit Karten
oder in der Hülle
seine Lieder
und seine Rosen.

## MIT DEM MUND GEMALT

Manchmal triffst du jemanden
spät in einer Kneipe,
der dir mit glänzenden Augen erzählt,
daß er, hätte er sich seine Hand
nicht beim Masturbieren verletzt,
mit Leichtigkeit die Nachtwache
hätte malen können

# GLAUBE NICHT AN GOTT, LEBE WIE GOTT

Gott hat unglaublich lange
an der Welt gearbeitet,
vor allem das Bemalen der vielen
Blätter fiel ihm ungemein schwer.
Um vom Einstecken all der Nadeln
in die Fichten und Tannen
gar nicht erst zu reden.

Gott gebrauchte damals zum erstenmal
den Ausdruck ‹Korinthen kacken›.

Das Verrücken der Berge
war keine Arbeit verglichen mit
dem Nebeneinanderlegen
der Sandkörner.

Als Gott dann endlich fertig war,
wollte er seine Schöpfung
jemand anderem
zeigen,
aber weil niemand da war,
machte er sich selbst
in einer anderen Farbe nach.
Einmal in Schwarz
einmal in Weiß
und
einmal in Gelb.
Gott hatte ja keine Ahnung.

Er zeigte seine Welt den anderen,
und als sie von der langen Reise
mit roten Backen zurückkamen,
sagte Gott:
«Nun, ihr habt die Welt jetzt gesehen,
jeder darf sich einen Teil davon aussuchen.
Und, schwarzer Mensch, welchen Teil wählst du?»
«Ich wähle den mit dem Urwald, mit all
den bunten Vögeln, den glitzernden Seen
und dem Sand.»
»Afrika», sagte Gott.
«Und du, gelber Mensch, welchen Teil wählst du?»
«Ich wähle den mit den Pferden,
mit den Ebenen, den Flüssen und den Reisfeldern.»
«Asien», sagte Gott.
«Und nun, weißer Mensch, welchen Teil wählst du?»
«Ach,
mir gefällt eigentlich alles,
geben Sie mir mal die Adresse
von dem schwarzen
und dem gelben Menschen.»

## FRANÇOISE

Liebling
du mußt es so sehen...
Holland ist ein tolles Land
aber ich muß
ich hab das Gefühl,
daß ich mich mal
irgendwo anders umschauen muß.
Ich habe noch nichts entschieden
und will das auch gewiß nicht ohne dich tun
aber...
ich sprach unlängst noch darüber mit Françoise
du weißt schon...
ich glaube
oder weiß eigentlich sicher,
daß ich in Paris
furchtbar viel lernen kann
die ganze Umgebung da
nicht daß...
na ja, du weißt schon, was ich meine...
hier ist alles so klein,
so scheinheilig.
Wenn ich etwas anderes will,
mehr will,
hast du immer diesen entsetzlichen Standpunkt
von ‹nun sei doch mal vernünftig›.

Ich bin verdammt noch mal ein Künstler,
ich dreh langsam durch in diesem Land
natürlich nicht wegen dir, aber...
Liebling
ich wußte, daß du es verstehen würdest.

Wie,
packe deine Sachen schon mal zusammen
und bringe sie zu Françoise?
Ich liebe dich doch!

## ZEUGE

Sie geht
als könne sie
jeden Augenblick
von der Welt
hinunterfallen

ihr ganzes Wesen
schreit ohne
einen Laut

Mama

sie schaut
als könnten
ihre Augen
wie Schalen
von Taubeneiern
zerbrechen

und ihr ganzes Wesen
schreit ohne
einen Laut

Mama

sie schweigt
als sei
ihr Mund
aus Muschelsand
geformt
der bei der kleinsten Kleinigkeit
auseinanderfallen kann

und ihr ganzes Wesen
schreit ohne
einen Laut

Mama

das Wasser
bleibt regungslos

nur
die Eisenbahnbrücke erschaudert

war
so oft schon
der einzige
Zeuge

GUUST FLATER

Gegen zwei Uhr nachts
stand Jesus vor unserer Tür,
ein junger Mann von ungefähr
sechsundzwanzig,
in Sandalen,
rappeldürr,
mit langen Haaren,
graublauen Augen,
einem Gebiß wie ein Rechen,
schwarzen Nägeln
und stoned.
Wir schauten zwanzig Minuten
zum Himmel empor,
er zeigte mir,
was er alles gemacht hatte,
den Mond, die Sterne, die Wolken,
beschrieb mir die Gesichter
und die Landschaften,
die da hoch oben
an uns vorbeizogen.
Aus seiner Hosentasche fingerte er
einen Prospekt, auf dem ein Mädchen
mit frischgewaschenen Haaren
für ein Shampoo warb.
Hatte er auch gemacht,
ihren Mund, ihre Augen, ihre Nase, alles.
unser Haus,
das Fahrrad,
die Mülleimer,
mich.

Jeden hatte er gemacht,
seine Arbeit machte ihm Spaß.

Auch erzählte er mir,
daß er zuerst Eva geschaffen hatte,
daß ich mir keine Sorgen um die Zukunft
zu machen brauche,
daß er alles in Ordnung bringen würde,
er war ja eben erst von dort
zurückgekehrt.
Er war die ganze Nacht damit beschäftigt gewesen,
Bibeln aus den Kirchen zu schaffen
und hatte an deren Stelle Comics von Guust Flater
hingelegt.
Er hatte kein Haus, wohnte nirgendwo,
hing einfach so herum,
warum wußte er nicht.
Ich gab ihm die Hand
und den Text eines Liedes,
das ich mal gemacht hatte.
Er las es
und sagte,
daß er
es ausgezeichnet fände,
daß er das
sehr gut
geschrieben hätte.

## WACH IN EINEM TRAUM

Es ist vier Uhr nachts,
ich fahre von Gent nach Antwerpen,
müde,
die gelben Straßenlichter tanzen über den nassen Asphalt.

Ich bremse,
ein furchtbarer Schlag,
mein Kopf bricht entzwei.
Stille.
In der Ferne höre ich einen Zug.
Das Lenkrad hat sich in
meine Brust gebohrt.
Ich lächle.
Jemand beugt sich
über mich.
Ich schaue,
sehe, daß sie keine Augen hat,
sehe, daß sie keine Hände hat,
daß keiner da ist.
Dennoch beugt sie sich über mich,
auf den ersten Blick
sieht sie vollkommen normal aus,
mit Augen und Händen,
nicht anders als andere.
Du kannst ruhig zu mir kommen,
sagt sie.

Ich gehe auf sie zu
und streiche ihr übers Haar
oder kommt sie auf mich zu?
Fühle ich ihre Hand
über meinem Kopf?
Sage ich?
Du kannst ruhig zu mir kommen...

Ich gehe zum Fenster
und schaue auf die Gasfabrik hinter unserem Haus.
Es läutet,
ich öffne.
In der Tür steht
ein Mädchen, ein Knabe noch,
sie sagt:
Darf ich hereinkommen?
Ich bin,
die du schon so lange erwartest.
Sie geht an mir vorbei
ins Wohnzimmer.
Die Frau, mit der
ich verheiratet bin, steht auf,
geht ins Schlafzimmer,
das Mädchen folgt ihr,
und zusammen packen sie
ganz still
ihre Sachen.

Während meine Frau
mit einem Lächeln
Abschied nimmt
und mit dem Lift nach unten fährt,
kehre ich am Spiegel vorbei ins Zimmer zurück.
Dort sehe ich den Knaben
einen Apfel schälen,
und das ganze Zimmer
liegt bis zur Decke
voll
mit endlosen
Schalen.

Ich finde, daß ich in Panik geraten muß,
so wie ich mir schon so oft
in vielen zärtlichen Situationen
wünschte zu erröten,
Ich stürze
die Treppe hinunter
und renne auf die Straße
und klopfe an die Fenster.
Niemand schaut heraus.
Kein Auto hält an.
Laufe nach vergeblichen Versuchen
zurück zum Autowrack.
Sehe mich selbst,
aus meiner Stirn
entweicht ein Bläschen,

ich klettere hinein
und wirbele
erleichtert
nach nirgendwo,
wo mich
beflügeltes Lächeln
empfängt.
Ich sehe so viele Bekannte:
meine Oma, Manon
Schubert, Onkel Henk,
Tante Klaasje, Rumpelstilzchen
und alle anderen.
Ich höre eine tiefe Männerstimme.

Der sowjetische Parteiführer Michail Gorbatschow
traf am Donnerstag in der Tschechoslowakei ein,
um mit der Prager Führung
über die Reformen zu reden.

Ich schalte das Autoradio aus
Antwerpen dreißig Kilometer
nehme Gas weg, fahre viel zu schnell
ein Mercedes
schießt an mir vorbei, muß mindestens
hundertachtzig fahren
der Wagen verschwindet
in einer leichten Kurve
ein furchtbarer Schlag
ich bremse

## Stille

der Mercedes hat sich durch die Leitplanke gebohrt
ich parke mein Auto auf den Seitenstreifen
in der Ferne höre ich einen Zug
ich gehe zum Autowrack
der Fahrer ist tot
rufe die Polizei

fahre vorsichtig nach Antwerpen
das gelbe Licht tanzt nicht mehr auf dem Asphalt.

## EIGENTLICH

Nicht mehr als
eine Melodie sein
singen lassen
strahlen
bewegen
in zärtlicher Stille
zurückbleiben
unter der Dusche
trinken
mit Freunden reden
schlafen
wach werden
die Kinder sehen

## NOCH IMMER

(frei) nach Tucholsky

Wissen sie nicht,
warum sie das tun,
sie müssen es tun.
Ihr Wesen schreit nach Menschenfleisch,
nach der herrlichen, den Mann in Verzückung
bringenden Gewalt.

So hat die Frau ihn lieb. So liebt sie ihn.
So hat er die Frau lieb. So liebt er sie.

In ihnen ist nichts,
also wollen sie außer sich sein –
sie säen Minen,
pflanzen Raketen,
züchten die Angst,
ernten
geputzte Schuhe.

## MAMA

Laß mich heute einfach dasitzen,
das Sonnenlicht auf unserem Haus
betrachten,
nichts anderes sehen
als
dein stilles Gesicht,
das strahlt,
wenn ich wieder etwas furchtbar
Dummes sage.

## NARR

Das hochverehrte Publikum
kapiert,
daß es überflüssig ist,
zu klatschen,
damit der Abend erfolgreich wird,
und lacht
absichtlich
zögernd
über den Narr auf der Bühne,
verdient sich
durch wachsende
Selbstachtung
das Eintrittsgeld zurück.
Der Narr erfüllte
ihre Erwartungen,
war brillant
und sie
nicht
von sich
enttäuscht.

Fußnote:
Dies gilt auch für viele gebildete Literaturinterpreten: Der Schriftsteller gibt ihnen ein Puzzle auf, das sie immer lösen können (Der Schriftsteller ist meist ein guter Bekannter von diesen Interpreten).

## GESPRÄCH

Die Tochter des Paters lebt in
einer Art Betäubung
sie kennt keine Überraschungen und keine
Enttäuschungen mehr
sie lebt so verlassen, daß die Grenze
zwischen dem, was war,
und dem, was nicht war,
vollständig verschwunden ist
sie kann sich nicht mehr erinnern,
daß sie jemals von ihrem Mann geliebt wurde
und darum kann sie sich nicht vorstellen
wie es ist, geliebt zu werden
schau, für die Frau des Pastors sieht es anders aus
sie haßt ihn
sie verabscheut seinen Körper,
aber sie versteht es
auf die eine oder andere erstaunliche Weise,
diesen Haß in Ekstase
umzuwandeln in dem Moment,
da sie sich vorstellt, daß ihre Fotze
entschuldigen Sie bitte
eine Kirche sein könnte.

## FLASCHE

In ihren Augen
ist nichts
sie dreschen
die Phrasen
der anderen
spielen
mit Zahlen
nennen
Muster
Pferde
Frauen

die Männer in der Bar
sind
müde
die Gläser
leer

Tote schmücken die Bar
sie
hängen einander
mit Krawatten auf
der Barkeeper
faltet sich selbst in eine Flasche
und rollt zum Meer

## STROHHALM

Ich habe den Zug verpaßt,
bin etwas verwirrt.
Bin drei Tage weg von zu Haus,
hatte die Nase voll.
Der Teppichboden wuchs schneller als meine Nägel.
Bin mit ein paar Kerlen auf einem Kongreß gewesen.
Hab gesoffen.
Da kam dieses Mädchen.
Na ja, was soll man tun.
Hab etwas mit ihr getuschelt,
bin mit auf diesen Speicher gegangen.
Die Treppe war endlos lang,
als ich schließlich oben ankam,
war da überhaupt kein Speicher,
sondern ein Friedhof,
wie man sie in Österreich sieht:
Firlefanz und Tausende von Porträts.
Sie ging vor mir her und
stieg in ein großes Doppelgrab
und begann sich auszuziehen.
Hab mich neben sie auf violetten Satin gelegt,
und während ich mit diesem Mädchen schlief,
mußte ich fortwährend an meine Frau denken.
Eigentlich merkwürdig,
denn
wenn ich mit meiner Frau schlafe,
muß ich oft an solche Situationen denken.
Ihr hat es, glaube ich, gut gefallen.
Ich dachte an Cruyff,
das lenkte mich ab,

so daß es
mir nicht kam,
bin heruntergerollt
sah da keinen Sinn mehr drin,
hatte genug davon.
Bin eingeschlafen,
und als ich morgens
aufwachte,
lag sie noch da,
hatte nur einen anderen Kopf bekommen.
War sie am Abend davor, schätz ich,
zweiundzwanzig, jetzt sicher dreiundachtzig.
Als ich genauer hinschaute,
sah ich, daß es überhaupt keine Frau war...
Ich muß wohl sehr besoffen gewesen sein.
Als ich den Mut aufbrachte,
noch mal zu schauen
sah ich, daß ich selbst neben mir lag.
Ich hatte keinen Körper
es war eine Art Erinnerung,
die neben mir lag,
nicht aus Glas, aber doch so etwas.
Sah mich selbst aufstehen,
während ich liegenblieb,
hörte mich sagen:
du brauchst mich nicht mehr,
du bist erwachsen,
du fühlst mit deinem Verstand.

Konnte mir nicht unrecht geben.
Während ich den Friedhof verließ
und allein in diesem Grab zurückblieb,
hätte ich gerne geweint
es begann zu regnen,
als eine Wasserpfütze
im Grab stand,
stand ich auf
und sah ein flackerndes Licht,
das auf meiner Hand tanzte.
Ich fühlte,
daß, wenn ich das Licht
ausblasen würde,
alles vorbei wäre
ich nie wieder
wach werden würde.

Ich habe das Licht
ganz sorgfältig
zwischen Sonne
und Mond gehängt
und danach
nie mehr
die Vorhänge zugezogen
lebe
seitdem glücklich
als Witwer
meiner selbst.

## DAS NEUE JERUSALEM

Die Welt kann untergehen, Herr
alles ist bereit
die Kirchtürme sind weg
die Spitzgiebel von den Häusern
die Glockentürme sind vernichtet
jede nur erdenkliche Beleidigung
der Gleichheit ist gefällt
wir sind bereit,
vor Gottes Angesicht
zu treten
das einzige, was noch ein bißchen
herausragt...
ist meine Nase, Herr
aber
da hänge ich dran!

## ONKEL

Als Kind
schien mir
ein Baum
wie eine Hand in den Wolken
halte an
bleib bei dem Baum
er bietet Schutz
gibt Früchte
Blätter für ein Bett
Zweige für ein Feuer
betrachte den Baum
als einen Onkel,
bei dem du etwas borgen kannst

## VERLIESSEN WIR

Wenn Paris
mit donnerndem Getöse
in die Seine versinkt,
wird in dem Moment
ein Eskimo
ein Loch ins Eis
hacken.

Wenn New York
wie Babylon
einstürzt,
wird ein Papua
ein Standbild meißeln.

Wenn Moskau
morgen von
lautlosen Raketen,
wird ein Masai
Perlen auffädeln.

Bevor Amsterdam
mit einem enormen Knall,
werde ich Rotterdam
verlassen.

## WER WAR DER MANN?

Ich geh hin und her
hin und her
und ich denk jedesmal
wer war er
er

Fünf Gitter
vier Mauern
fünfzig Zentimeter dick
drei Meter
von Wand zu Wand
vier Schritte
von Rand zu Rand

Wer war der Architekt
wie viele Nächte
hat er gezeichnet
wie oft
brachte seine Frau ihm Tee
wer war der Mann

Welche Fachleute
verkauften ihre Hände
um das zu mauern

Wer bezahlte
welchen Lohn
haben sie gekriegt

Wer lieferte die Ziegel
wer
besorgte den Sand

Wer bezahlte
welchen Lohn
haben sie gekriegt

War er groß
war er klein
war er jung
war er alt
wovon träumte er
als er klein war
bist du sicher
dir ganz sicher
daß er nicht
mit deiner Schwester verheiratet ist

Ich geh hin und her
hin und her
und ich denk jedesmal
wer war er

Fünf Gitter
vier Mauern
fünfzig Zentimeter dick
drei Meter
von Wand zu Wand
vier Schritte
von Rand zu Rand

(Deutsch von Thomas Woitkewitsch)

## GEHEN

Morgen wenn alles vorbei ist
werde ich mich schämen
aber laßt mich heute noch
das Labyrinth durchqueren

## HICKS

Er steht auf
stößt mit seinem Knie das Tischchen um
wischt sich mit dem Rücken seiner Hand
den Schaum vom Mund
und schreit mit aller Kraft,
die noch in ihm ist
was existiert, ist wirklich
also tragisch
denn
was lebt, muß sterben
nur die Phantasie
die Erinnerung
das Lächeln,
das aufstieg
aus
diesem Glas
hielt
mich
am Leben

der Mann sackt
in sich zusammen
prallt mit seinem
Kopf gegen einen Stuhl
und stirbt mit
einem seligen Lächeln

## PIERROT

Wie kannst du...
Wenn das Leben in
deinen Adern pulsiert,
wenn du rundum
satt
und zufrieden
auf einer Bühne
beweisen kannst,
daß du nicht existierst,
so
bitterlich weinen...

## TARZAN

Bei uns
gegenüber
wohnte Truus

Truus hatte alles,
was ich als Jüngling
anziehend fand
volle Lippen
volle Bluse
schlanke Fesseln
ein unbeschreibliches Lachen
einen Augenaufschlag à la Bardot
und Haare wie
die eines Ponys

in meinen Träumen
ging ich
regelmäßig
wie der große unbekannte Stille (*)
zu ihr hin
und habe so
öfter mit ihr geschlafen
als Koos de Wit,
der nichtsahnend
neben ihr lag und pennte

(*) eine bekannte Comic-Figur aus den fünfziger Jahren

einmal auf der Treppe
begegnete ich Max Maat
auch verliebt in Truus
wir haben wie zwei Hunde
auf der Treppe gekämpft
ich verlor
weil Max träumte,
daß er
Tarzan
von den Affen war.

## WEISS EINE FLIEGE, DASS SIE FLIEGT?

Sie saßen in einer Kneipe.
Eine Schmeißfliege
landete auf der Salami.

Das Gehirn eines modernen Computers
ist nicht so ausgefeilt
wie das Gehirn einer Schmeißfliege,
sagte der eine.

Sagenhaft diese Flügel
wenn man die vergleicht
mit denen eines city-hoppers...
merkwürdig,
daß sich so ein herrliches Tier
nur für Scheiße interessiert,
sagte der andere.

Je näher man kommt,
um so mehr Struktur sieht man,
toll,
vergrößern ist ein Werk der Liebe,
sagte der eine hinter seinem Glas.

Auf jeden Fall,
etwas aus der Nähe zu betrachten
ist zumindest
ein Werk der Neugierde...
oder der Wissenschaft,
sagte der andere.

Glaubst du an Gott,
fragte der eine.
Nun ja,
wenn ich so eine Fliege sehe,
beginne ich zu zweifeln,
war jahrelang
auf der Suche nach Gott,
hab mit renommierten Detektivbüros zusammengearbeitet.
Aber wenn er existiert,
tut er sein möglichstes, das
vor uns verborgen zu halten,
sagte der andere.

Eigentlich ist Gott eine Art Intuition
etwas, das nicht vom Menschen geschaffen ist,
von dem er sich angezogen fühlt
und vor dem er gleichzeitig Abneigung empfindet.

Wenn man den Papst sieht,
dann hört natürlich
die potentielle Sympathie
für Gott
augenblicklich auf,
sagte der eine

und der andere
schlug die Schmeißfliege
mit einem Stangenweißbrot
tot.

## ES HAT AUFGEHÖRT ZU REGNEN

Es ist spät
der Wind bläst
große dunkle Wolken
über unser Haus

ich stehe
auf dem Gartenpfad
mit zwei Müllsäcken in der Hand
und schaue nach oben
Millionen von Sternen
denke
phantastisch
sich vorzustellen
daß der Mittelpunkt
des Universums
überall ist
und der Umfang
nirgends
und daß ich hier
auf diesem Gartenpfad
mit zwei Müllsäcken in der Hand
nicht die Bohne davon
verstehe

## PATER

Dank
deinen Falten
unverzeihlich ernst
ein Gesicht aus Wachs
immer
an die Ewigkeit
gedacht
nie
ein Mann geworden
weil du
die Ewigkeit
keinen Augenblick
vergessen
konntest.
So
nach Gott gesucht,
daß Gott
dich nie
finden konnte.

## ABER

Das Leben geht weiter
hoffentlich nicht zu lang
Zeit ist Geld.

## WEIT WEG

Auf der Erde
wuchert ein Geschwür
doch das ist weit weg
von meiner Tür

Das Kastell
in dem Sand
läßt die Flut
nicht an den Strand

Auf der Erde
wuchert ein Geschwür

Der Reaktor
auf dem Land
ist versichert
gegen Brand
doch der ist weit weg
von meiner Tür

Die Apartheid
benützt
Jesus' Wort
als Geschütz

Auf der Erde
wuchert ein Geschwür
doch das ist weit weg
von meiner Tür

(Text von Willem Wilmink und Herman van Veen, Deutsch von Thomas Woitkewitsch)

DIE VERGANGENE ZUKUNFT

Vor langer Zeit hatten ein Mann und eine Frau eines Montagmorgens Krach, weil der Toaster nach x Reparaturen noch immer völlig verkohlte Toastscheiben ausspuckte. Der Mann wirft ihn aus dem Fenster, er fällt auf den Kopf eines anderen Mannes. Es entsteht ein heftiger Zank zwischen den beiden Herren. Dadurch kommt der Mann zu spät von zu Hause weg und muß in 2 Minuten eine Entfernung von 24 Kilometern zurücklegen. Er weiß, wenn er mit 150 Sachen führe, käme er bei Grün über alle Kreuzungen. Aber...
Die siebenjährige Johanna, die Tochter des Bürgermeisters, hält mit ihrem Rad mitten auf einer Kreuzung, um eine Taube nicht zu erschrecken. Der Mann tritt voll auf die Bremse, muß ausweichen, um Johanna nicht zu überfahren...
...knallt gegen einen Baum und ist auf der Stelle tot. Das Mädchen fällt mit ihrem Fahrrad um, bricht sich ein Bein. In dem Moment, es ist Punkt 9.00 Uhr, legen alle Bäcker die Arbeit nieder, weil sie mit dem neuen Brotpreis nicht einverstanden sind. Sie versammeln sich auf dem Platz, der an der Kreuzung liegt, wo Johanna auf einen Krankenwagen wartet. Es entsteht ein unglaubliches Chaos, alle Straßen sind verstopft. Infolgedessen können die Flugleiter auf dem Flughafen nicht von einer neuen Schicht Kollegen abgelöst werden, weswegen die übermüdeten Fluglotsen Fehler machen.
Ein Cityhopper, voller Geschäftsleute auf dem Weg nach Liechtenstein, muß einem landenden Jumbo aus Bangladesh ausweichen.

Der Cityhopper stürzt auf die Chinesische Botschaft, der Jumbo versucht Höhe zu gewinnen, verheddert sich jedoch in Hochspannungsleitungen und verursacht einen gewaltigen Kurzschluß. In dem Augenblick fängt es auch noch heftig an zu schneien, der Schnee blockiert die Straßen. Es bilden sich ellenlange Staus. Überall ist es eiskalt.
Die Menschen zünden kleine Feuer an, um sich zu wärmen, wodurch hier und da ein Brand ausbricht. Auch das Telefonnetz bricht zusammen, und nach einiger Zeit ist das Chaos vollständig. Menschen machen sich auf die Suche nach Essen. In Supermärkten kommt es zu Schlägereien. Und es schneit ununterbrochen. Menschen berauben Leichen; Menschen töten Menschen, die Leichen berauben. Und dann geschieht das Allerschlimmste.
Zu jener Zeit waren zur Wahrung der Sicherheit überall auf der Welt Atomraketen stationiert. Durch all die Kurzschlüsse gerieten die Computer, die die Raketen dirigieren sollten, durcheinander. Überall auf der Welt folgten Atomexplosionen. Die Erde platzte fast auseinander. Danach ist es fünf Jahre lang stockdunkel und eiskalt gewesen. Nur ein paar Menschen in den Bergen haben die Katastrophe überlebt, und sie waren danach so traurig, daß sie eigentlich nicht mehr weiterleben wollten. Dies alles geschah vor langer Zeit.
*Herman van Veen*

## DIE WELT TEILEN

So oft haben wir Angst
Angst vor den Russen
vor den Amerikanern
Angst vor Negern
vor Juden
vor Krebs
Angst vor Gespenstern unterm Bett
Angst vor Homosexuellen
Angst vor Hunger
Angst vor Gott
Angst vor dem Tod
Angst vor uns selbst

Aus Selbstschutz spannen wir Stacheldraht
bauen wir Mauern
bemalen unsere Gesichter
bezahlen Milliarden für Verteidigungssysteme
schließen uns in unsere Häuser ein
falten unsere Hände
verstecken uns hinter Bergen von Policen
von der Wiege bis zum Grab
das ergibt:
eine Welt so wie sie ist
verfault wie nasses Stroh
ein ausgedehntes Tief
mit vereinzelten Aufheiterungen

Ach, alles dreht sich doch ums Geld, sagt man
nein, denke ich, alles dreht sich um Angst
die, die die Angst verkaufen, haben doch das meiste Geld
das größte Haus, die dicksten Mauern, die höchste Kirche,
die stählernsten Tresore, die beste Armee

Glücklich sein, heißt keine Angst haben
wir werden uns von der Angst befreien müssen
das gelingt aber nur, wenn wir einander und uns selbst
kennen, achten und vertrauen lernen
– denn das Unbekannte macht Angst –
wenn wir unsere Sorgen, unser Glück, unsere Ängste teilen können,
wird es keinen Grund mehr geben, Angst zu haben
haben wir nichts mehr zu verlieren.

## WAS HÖRTE ICH?

Ein fernes und leises Knacken
erschreckt fuhr ich auf.
War es das Knacken im Herdfeuer
oder trat ich auf einen Käfer?
Der Herd war aus
und als ich unter meinen Schuh sah
fand ich nur einen plattgetretenen Kaugummi.
Was hat denn nun geknackt?
Was hörte ich knacken?
Etwa ein Reißen in meinem Schädel?
Lief zum Spiegel
sah ganz normal aus
befühlte meinen Kopf
aber da war kein Haar zu finden.

Ich war aber ganz sicher
daß ich etwas knacken gehört hatte.
Merkwürdig
ich hörte es kaum
aber doch...
Knack, Knack, Knack
dann nichts
und dann wieder
zwei- dreimal Knack.
Das letzte kürzer und schärfer
als das erste.

Es war nichts und niemand im Zimmer
nichts das so knacken könnte
außer daß ich es wirklich so bemerkt hatte.
Ich fand es unheimlich.
Ich halte nichts von unangekündigtem Knacken
und erst recht nichts von einem Knacken
das ich nicht identifizieren kann.
Hatte das schon in der Schule
als ich es knacken hörte
ruhte ich nicht eher bis ich wußte
woher das Knacken kam.
Meistens war es ganz banales Knacken
gebrannte Mandeln
die jemand heimlich
unter seinem Tisch
knabberte
oder das Brechen eines Nagels
von einem zu fleißigen Mädchen.
Einmal habe ich sogar die Gläser von einer
Brille knacken hören.
Das war damals als Hennie Smits Vater
nachdem die Mutter gestorben war
uns während eines Schulausflugs nach Wassenaarse Slag
in den Dünen entgegenkam.
Später als ich dann älter wurde

habe ich mich immer mehr für das Knacken interessiert.
Ich habe es kennengelernt.
Ich halte jetzt sehr viel vom Knacken.
Kann ohne Knacken
will ohne gutes Knacken
eigentlich nicht leben.
Aber es wird soviel Unsinn geknackt
gutes Knacken ist ein wahrer Genuß.
Kein kräftiges gehetztes Knacken
oder ein stets zu lautes
nein
das rechte Knacken zur rechten Zeit
ist nie verkehrt.
Tief
ohne viel Schall und Rauch
ein leichtes
aber kein zu schwaches Knacken.
Von unten
ruhig
von oben
neu und frisch
neugierig
nicht zu dick.
Ein reines
fast lautloses Knacken
damit kann man mich hinter dem Ofen hervorlocken.
Fein und kräftig
nicht zerbrechlich
sondern klar.

Ein gutes Knacken kann edel sein
sogar persönlich
ohne aufdringlich zu werden.
Ein wenig spielerisch
mit einem Anflug von Heimweh
und dennoch mutig.
Ach ein prächtiges Knacken
hört man eigentlich selten.
Wenigstens ein paarmal in meinem Leben
möchte ich das schönste hören
das mit klaren Konturen
das köstliche, göttliche Knacken
von einem Jungfernhäutchen.
Ein zwei Augenblicke
Atemzüge
die Ewigkeiten dauern
wovon die Tränen
in die Augen steigen
unendliches zartes Knacken.
Jetzt beim Aufschreiben
wird mir klar
daß das Knacken
das ich oben am Anfang hörte
wahrscheinlich
das Echo gewesen sein muß
von dem Knacken
über das ich gerade nachdenke...

INHALT